西狹頌

中國碑帖名品

［十五］

上海書畫出版社

前言

中華文明綿延五千餘年，文字實具第一功。從倉頡造字而雨粟鬼泣的傳説起，歷經華夏子民智慧聚集、薪火相傳，終使漢字生生不息、蔚爲壯觀。伴隨著漢字發展而成長的中國書法，基於漢字象形表意的特性，在一代又一代書寫者的努力之下，最終超越其實用意義，成爲一門世界上其他民族文字無法企及的純藝術，并成爲漢文化的重要元素之一。在中國知識階層看來，書法是中國人『澄懷味象』、寓哲理於詩性的藝術最高表現方式，她净化、提升了人的精神品格，歷來被視爲『道』『器』合一。而事實上，中國書法確實包羅萬象，從孔孟釋道到各家學説，從宇宙自然到社會生活，中華文化的精粹，在其間都得到了種種反映，書法無愧爲中華文化的載體。書法又推動了漢字的發展，篆、隸、草、行、真五體的嬗變和成熟，源於無數書家承前啓後、對漢字美的不懈追求，多樣的書家風格，則愈加顯示出漢字的無窮活力。那些最優秀的『知行合一』的書法家們是中華智慧的實踐者，他們彙成的這條書法之河印證了中華文化的發展。

因此，學習和探求書法藝術，實際上是瞭解中華文化最有效的一個途徑。歷史證明，漢字及其書法衝破了民族文化的隔閡和時空的限制，在世界文明的進程中發生了重要作用。我們堅信，在今後的文明進程中，這一獨特的藝術形式，仍將發揮出巨大的力量。然而，在當代這個社會經濟高速發展、不同文化劇烈碰撞的時期，書法也遭遇前所未有的挑戰，這其間自有種種因素，而漢字書寫的退化，或許是書法之道出現踟躕不前窘狀的重要原因，因此，有識之士深感傳統文化有『迷失』、『式微』之虞。書法藝術的健康發展，有賴對中國文化、藝術真諦更深刻的體認，彙聚更多的力量做更多務實的工作，這是當今從事書法工作的專業人士責無旁貸的重任。

有鑒於此，上海書畫出版社以保存、傳播最優秀的書法藝術作品爲目的，承繼五十年出版傳統，出版了這套《中國碑帖名品》叢帖。該叢帖在總結本社不同時段字帖出版的資源和經驗基礎上，更加系統地觀照整個書法史的藝術進程，彙聚歷代尤其是今人對不同書體不同書家作品（包括新出土書迹）的深入研究，以書體遞變爲縱軸，以書家風格爲横綫，遴選了書法史上最優秀的書法作品彙編成一百册，再現了中國書法史的輝煌。

爲了更方便讀者學習與品鑒，本套叢帖在文字疏解、藝術賞評諸方面做了全新的嘗試，使文字記載、釋義的屬性與書法藝術造型、審美的作用相輔相成，進一步拓展字帖的功能。同時，我們精選底本，并充分利用現代高度發展的印刷技術，精心校核，原色印刷，效果幾同真迹，這必將有益於臨習者更準確地體會與欣賞，以獲得學習的門徑。披覽全帙，思接千載，我們希望通過精心編撰、系統規模的出版工作，能爲當今書法藝術的弘揚和發展，起到綿薄的推進作用，以無愧祖宗留給我們的偉大遺産。

上海書畫出版社

簡介

《西狹頌》全稱《漢武都太守陽阿陽李翕西狹頌》，亦稱《李翕頌》、《惠安西表》，東漢建寧四年（一七一）六月刻於甘肅成縣城西十三公里處的天井山下魚竅峽中（今屬抛沙鎮豐泉村）。整個摩崖刻石由篆額、刻畫、題記、頌文和題名組成。刻石面總高約三米，寬約五米，其中頌文二十行，行二十字。頌文的上方是篆額『惠安西表』。右側是『五瑞圖』及題記，刻繪了黄龍、白鹿、嘉禾、木連理、甘露降及承露人，其中『黄龍』二字題記高居上端，故俗稱此刻石爲『黄龍碑』。頌文的左側爲題名。頌文主要記述了東漢武都太守李翕生平，以及他到任後修建西峽棧道爲民造福的德政。刻石題名中有『從史位下辨仇靖字漢德書文』，由此可知，仇靖是此頌文的撰寫者與書丹者。書法寬博遒古、雄邁静穆，與漢中《石門頌》、略陽《郙閣頌》并稱爲『漢三頌』。

本次選用之本爲清嘉道間精拓本，蕭山朱文鈞舊藏，朱氏題簽并釋録碑文。此本篆額、五瑞圖失拓，今以舊本補之。整幅碑拓爲清後期所拓，朱拓整紙較爲罕見。以上諸本皆爲朵雲軒所藏，均係首次原色影印。

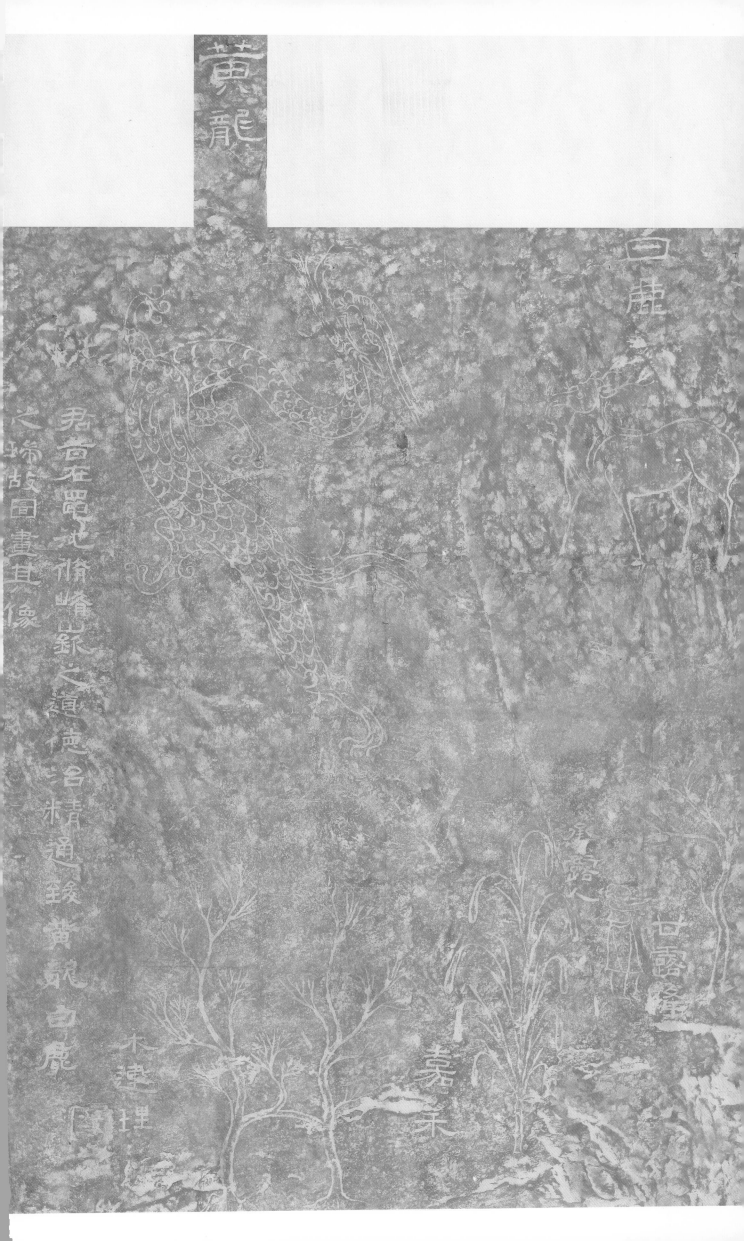
黄龍
白鹿
君昔在黽池脩崤嶔之道德治精通致黄龍白鹿
之瑞故圖畫其像
承露人
甘露降
嘉禾
木連理

正曲柙致土石堅固廣大可以夜涉四方无雍行人
懽悀民歌德惠穆如清風乃刊斯石曰
赫赫明后柔嘉惟則克長克君牧守三國三國清平
詠歌懿德瑞降豐稔民以貨稙威恩並隆遠人賓服
鐉山浚瀆路以安直繼禹之迹亦世賴福
建寧四年六月十三日壬寅造時府

丞右扶風陳倉呂國字文寶
門下掾下辨李虔字子行故從事
議曹掾下辨李旻字仲齊故從事
主簿下辨李遂字子華故從事
主簿上祿石祥字元祺
[illegible]官掾上祿張亢字惠叔故從事
[illegible]書[illegible]下辨姜納字元嗣故從事
尉曹史武都王尼字孔光
衡官有秩下辨李瑾字瑋甫
從史位下辨仇靖字漢德書文
下辨道長廣漢汁邡任詩字幼起

漢武都太守漢陽阿陽李君諱翕字伯都天姿明敏
敦詩悅禮膺祿美厚繼世郎吏幼而宿衛弱冠典城
有阿鄭之化是以三剖符守致黃龍嘉禾木連甘露
之瑞動順經古先之以博愛陳之以德義示之以好
惡不肅而成不嚴而治朝中惟靜威儀抑抑督郵部
職不出府門政約令行強不暴寡知不詐愚屬縣趨
教無對會之事徼外來庭面縛二千餘人年穀屢登
倉庾惟億百姓有蓄粟麥五錢郡西狹中道危難阻
峻緣崖俾閣兩山壁立隆崇造雲下有不測之谿阨
笮促迫財容車騎進不能濟息不得駐數有顛覆霣
隧之害過者創楚惴惴其慄君踐其險若涉淵冰歎
曰詩所謂如集于木如臨于谷斯其殆哉困其事則
為設備今不圖之為患無已敕衡官有秩李瑾掾仇
審因常繇道徒鐉燒破析刻舀崔嵬減高就埤平夷

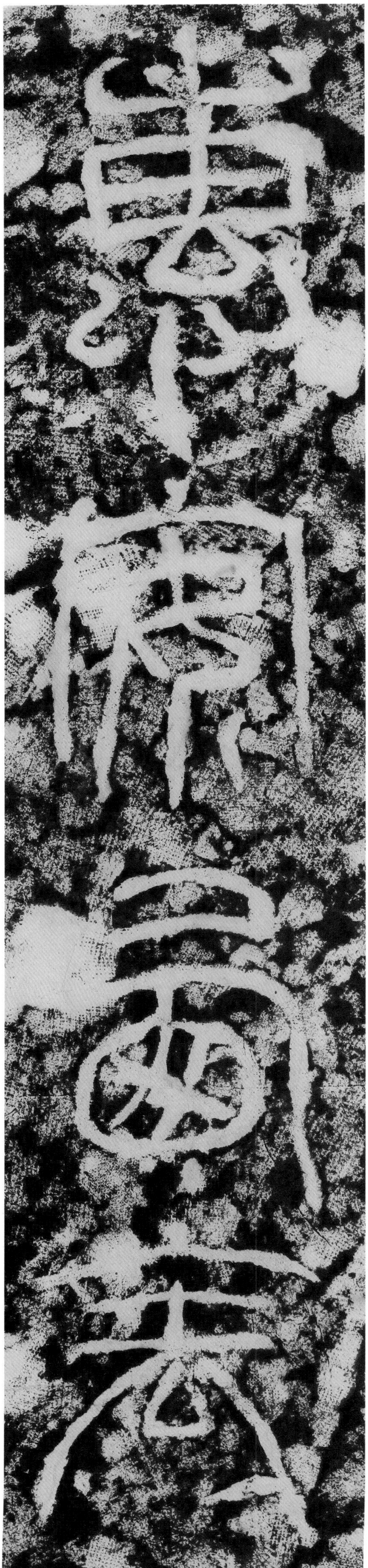

舊藏題係丁巳年所書距今實纔六年耳人事
變遷歲月云邁已駸駸乎老矣再閱十年視
此又當何如 翼厂識 時年四十有二

舊拓西狹頌 癸亥初秋 翼厂重題

漢武都太守李翕西狹頌

舊拓本

幼平所收

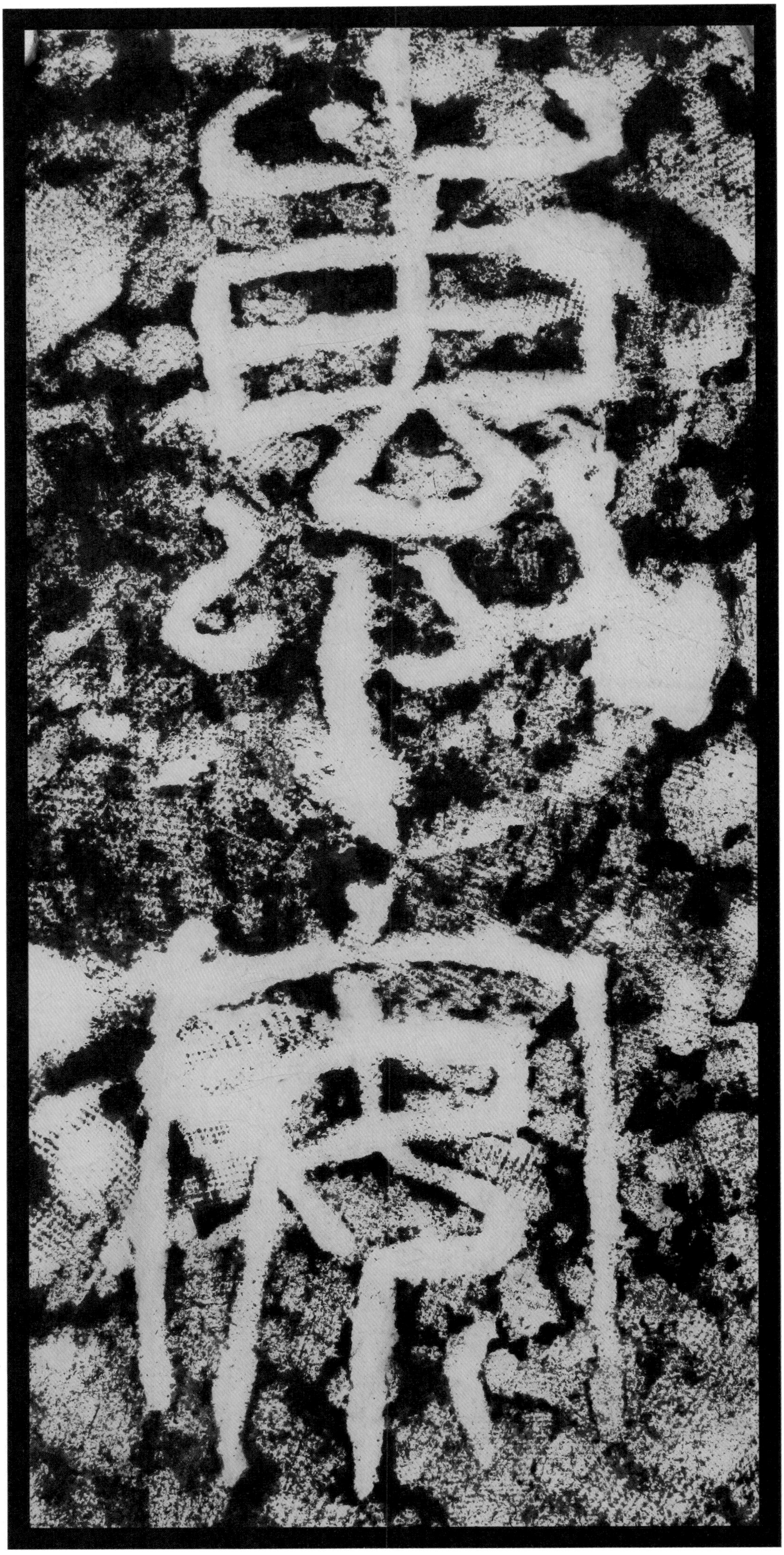

惠安／

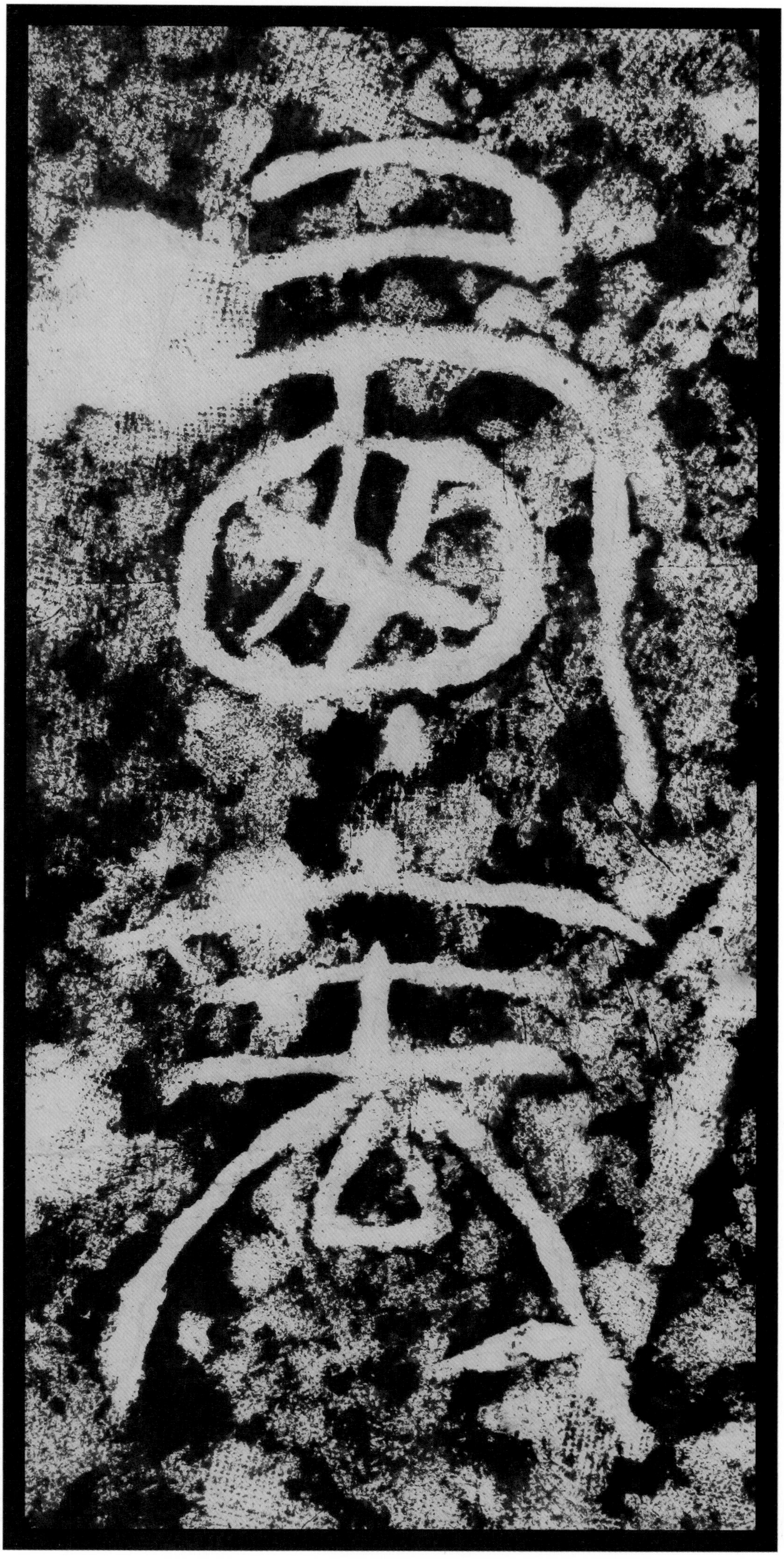

西表丶

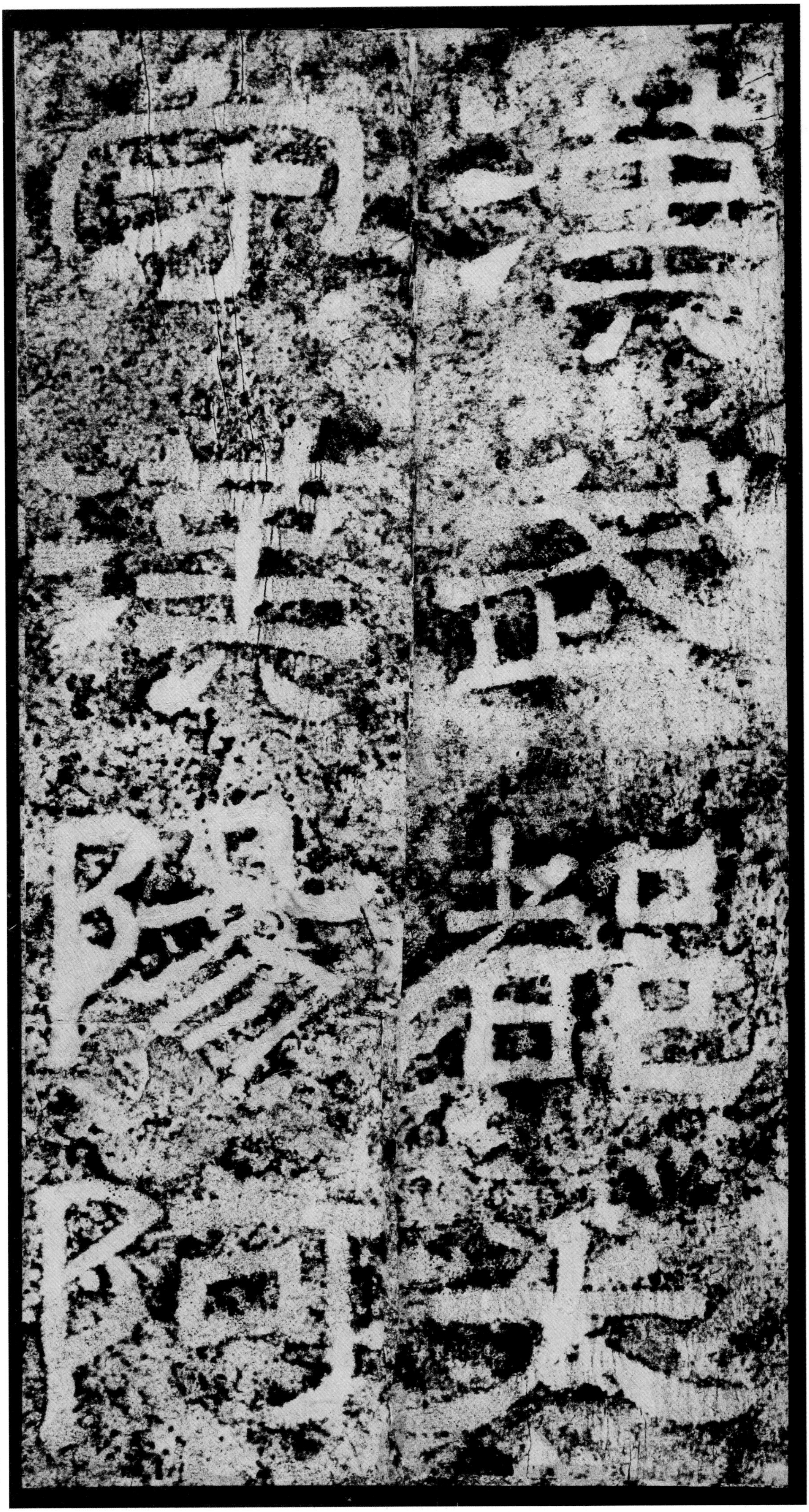

漢武都大／守漢陽阿／

武都：郡名，屬涼州刺史部。東漢時治所在下辨縣。

大守：即『太守』。

漢陽：郡名，治所在今甘肅甘谷縣南。

阿陽：縣名，故城在今甘肅靜寧縣南。

陽李君諱
翕字伯都

李翕：見載於《後漢書》卷六五《皇甫規傳》。

陽李君諱／翕，字伯都。／

天資明敏，／敦詩悅禮，／

敦詩悅禮：敦於《詩》，樂於《禮》，形容德學涵養出衆，以好學爲樂。《左傳·僖公二十七年》：『說禮樂而敦詩書。』說，通『悅』。

膺：接受任命。膺禄美厚，指封官受禄，得到重用。

繼世：繼承先世。郎吏，朝中的小官。

膺禄美厚
繼世郎吏

膺禄美厚。／繼世郎吏，／

幼而宿衛，弱冠典城，

典城：典主守城，表示出任地方長官。

宿衛：宮中的禁衛，通常是年輕官員的起家官。

弱冠：指男子二十左右的年紀，古代男子二十歲行冠禮。

阿鄭之化：指子奇治東阿而使東阿大化，子産相鄭而使鄭國『內無國中之亂，外無諸侯之患』。事見漢劉向《說苑·政理》。

有阿鄭之
化是以三

有阿鄭之／化，是以三／

剖：同『剖』。三剖符守，三次剖符受命，出任地方長官。剖符，古帝王分封諸侯、功臣時，以竹符爲信證，剖分爲二，君臣各執其一，後世以爲分封、授官之稱。

剖符守，致／黄龍、嘉禾、／

木連、甘露／之瑞。動順／

動順經古：舉動無不符合古代禮制的規範。

經古，先之〱以博愛，陳〱

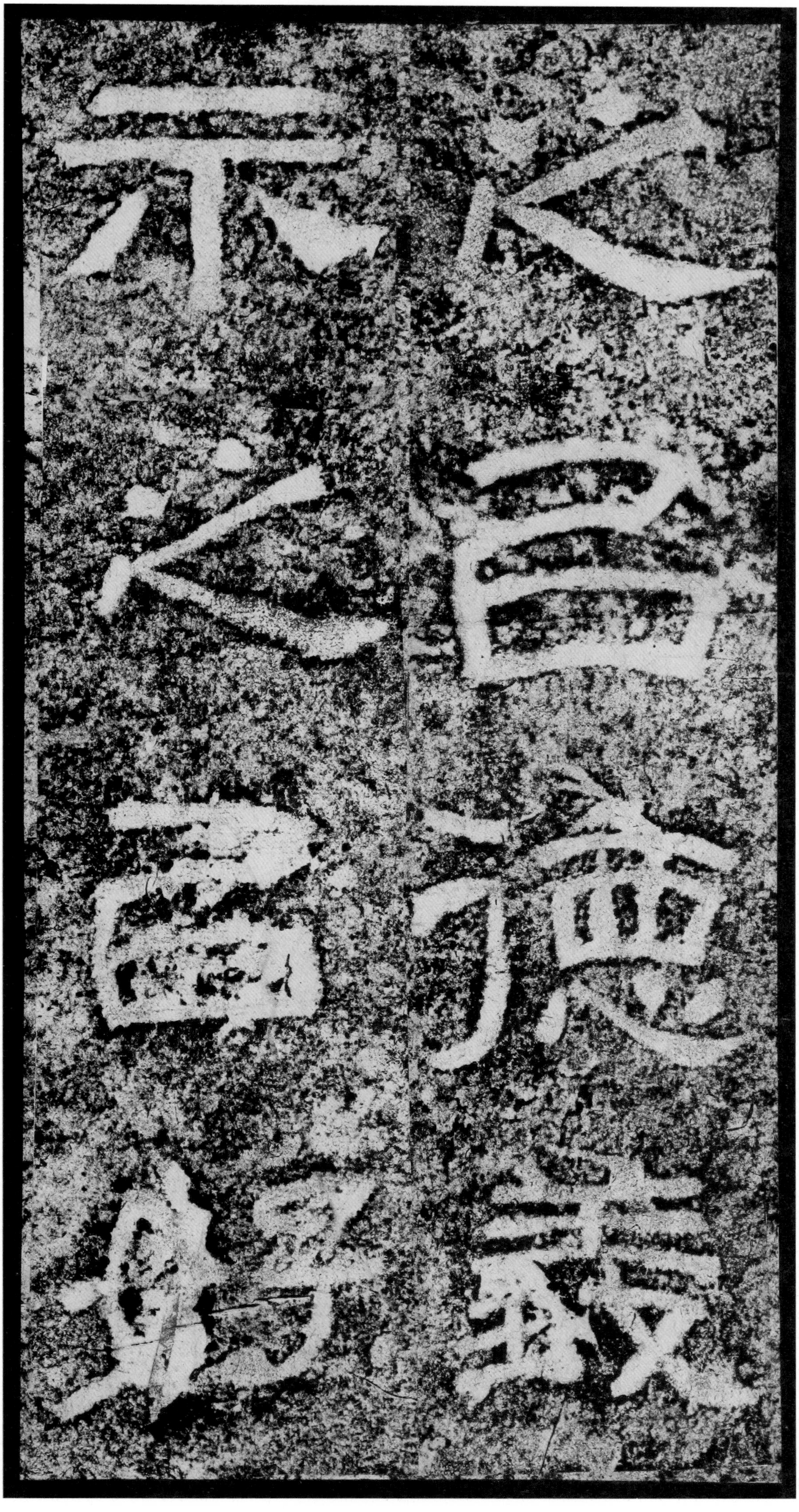
之以德義
示之以好

之以德義，〝示之以好〟

惡。不肅而/成，不嚴而/

以上這幾句，語出《孝經·三才章》：『是以其教不肅而成，其政不嚴而治。先王見教之可以化民也，是故先之以博愛而民莫遺其親，陳之以德義而民興行，先之以敬讓而民不爭，導之以禮樂而民和睦，示之以好惡而民知禁。』

治。朝中惟／静，威儀抑／

朝：此處非指朝廷，而指郡的官署。

威儀抑抑：儀態優雅而舉止謹慎。句出《詩經·小雅·賓之初筵》：『其未醉止，威儀抑抑。』

抑督郵部
職不出府

抑。督郵部／職，不出府／

抑抑：通『懿懿』。

督郵：郡的重要屬吏，由太守派遣督察縣鄉，宣達教令，兼司獄訟捕逃亡。

部職：相當於說各部門，各主管。

門政約令
行強不暴

門，政約令／行，强不暴／

寡知不詐
愚屬縣趨

寡，知不詐/愚，屬縣趨/

知：通『智』。

教無對會
之事儌外

教，無對會/之事，儌外/

趨教：趨從教化。

對會之事：指爭執、訴訟等事。

儌外：邊界外，域外。
儌，通『徼』，邊界。

來庭面縛
二千餘人

來庭，面縛／二千餘人。／

面縛：雙手反綁於背而面向前，古代用以表示投降。

來庭：來到王庭。

倉庾惟億：府庫堆積。句本《詩經·小雅·楚茨》：『我倉既盈，我庾維億。』毛傳：『露積爲庾，萬萬曰億。』

年穀屢登，／倉庾惟億，／

百姓有蓄，／粟麥五錢。／

郡西狭中
道危難阻

郡西狭中／道，危難阻／

狭：通『峽』。

峻，緣崖俾／閣，兩山壁／

俾：通『比』。閣：通『格』，指棧道的橋格。緣崖俾閣，即沿著崖壁，依次建有橋格。

隆崇造
雲下有不

立，隆崇造／雲。下有不／

窄促迫財

測之溪，厄/窄促迫，財/

窄：『窄』的古字。

厄：艱危，阻塞。

財：通『才』。

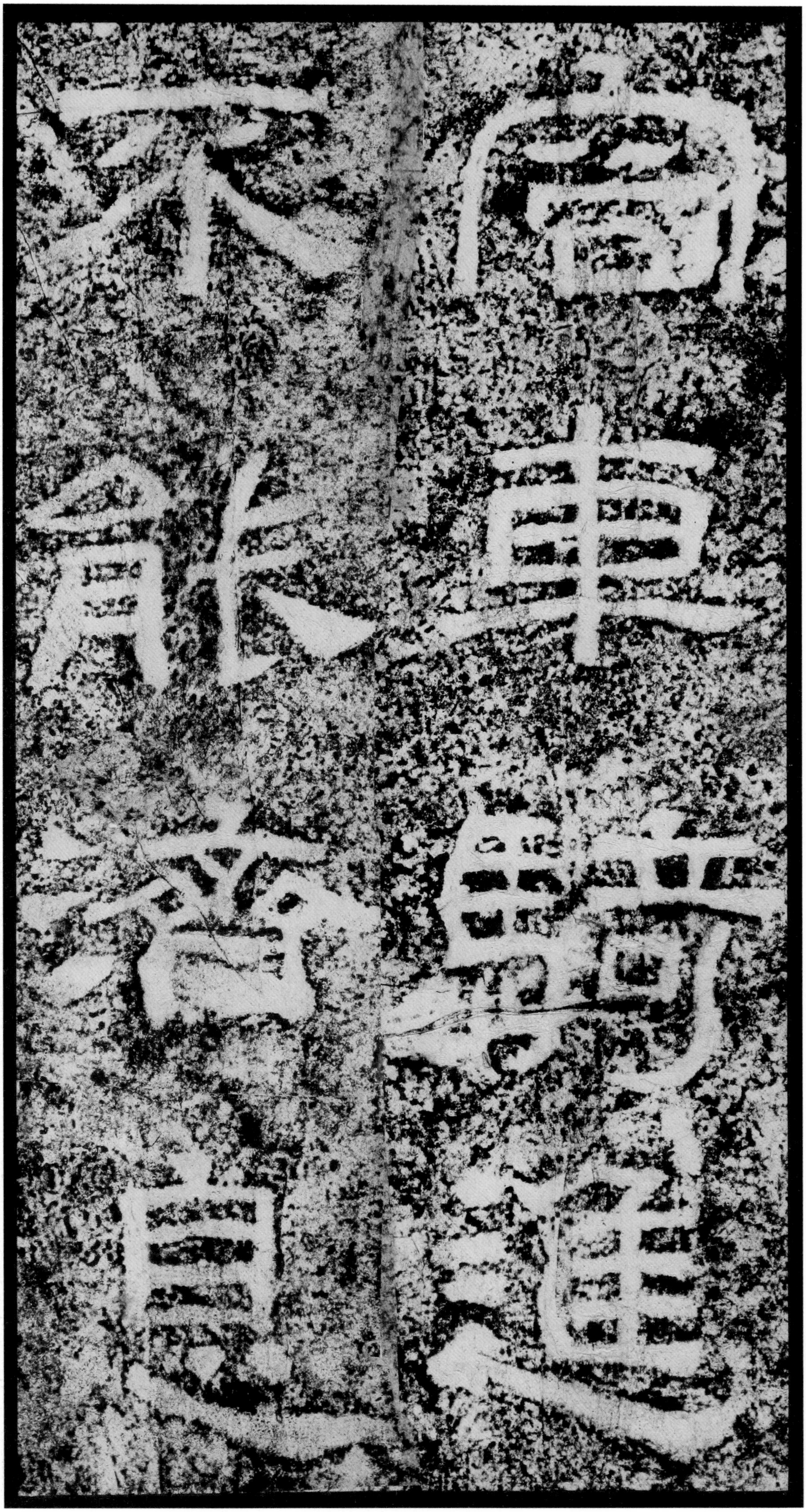
容車騎進
不能濟息

容車騎。進／不能濟，息／

不得駐數
有顛覆賈

不得駐，數／有顛覆賈／

賈：通『隕』，落下。

隧：『墜』的古字。

隧之害過
者創楚惴

隧之害。過〳者創楚，惴〳

惴其慄。君／踐其險，若／

惴惴其慄：戰戰兢兢，簌簌發抖。句出《詩經·秦風·黃鳥》：『臨其穴，惴惴其慄。』

涉淵冰，嘆／曰：『《詩》所謂／

若涉淵冰：如臨深淵，如履薄冰。《詩經·小雅·小旻》：『戰戰兢兢，如臨深淵，如履薄冰。』《漢書·武帝紀》：『若涉淵冰，未知所濟。』

如集于木
如臨于谷

如集于木：如鳥集於樹，恐怕掉下來。

如臨于谷：好像面臨著深谷。句出《詩經·小雅·小宛》：『温温恭人，如集於木。惴惴小心，如臨於谷。』

「如集于木」、／「如臨于谷」，／

斯其殆哉！』/困其事則/

殆：危險。

爲設備今
不圖之爲

爲設備，今〳不圖之，爲〳

困其事則爲設備：爲某事而擔憂，則預先加以設防。

衡官：屬水衡都尉，是負責山林禁令之官。《漢書·百官公卿表》：『水衡都尉屬官有衡官。』但東漢以後，已省衡官之制，此處是沿用舊稱。

有秩：官名。鄉官之一，掌聽訟收稅等事。《後漢書·百官志》：『有秩，郡所署，秩百石，掌一鄉人。其鄉小者，縣置嗇夫一人。』相當於後世的鄉長。

患無已，敕／衡官有秩／

李瑾：字瑋甫，下文題名有『衡官有秩下辨李瑾字瑋甫』。

掾：此處指衡官掾，是衡官的佐吏。

繇：通『由』。

李瑾、掾仇／審因常繇／

道徒，鐉燒／破析，刻臽／

燒破析：以火燒水激之法開鑿山石。

徒：通『途』。

鐉：通『鐫』。《説文解字》：『鐫，琢石也。』

臽：通『陷』。

確嵬：高峻貌。《文選·嵇康〈琴賦〉》：『且其山川形勢，則盤紆隱深，確嵬岑嵓。』李善注：『確嵬，高峻之貌。』

埤：通『卑』，底下。

確嵬，減高／就埤。平夷／

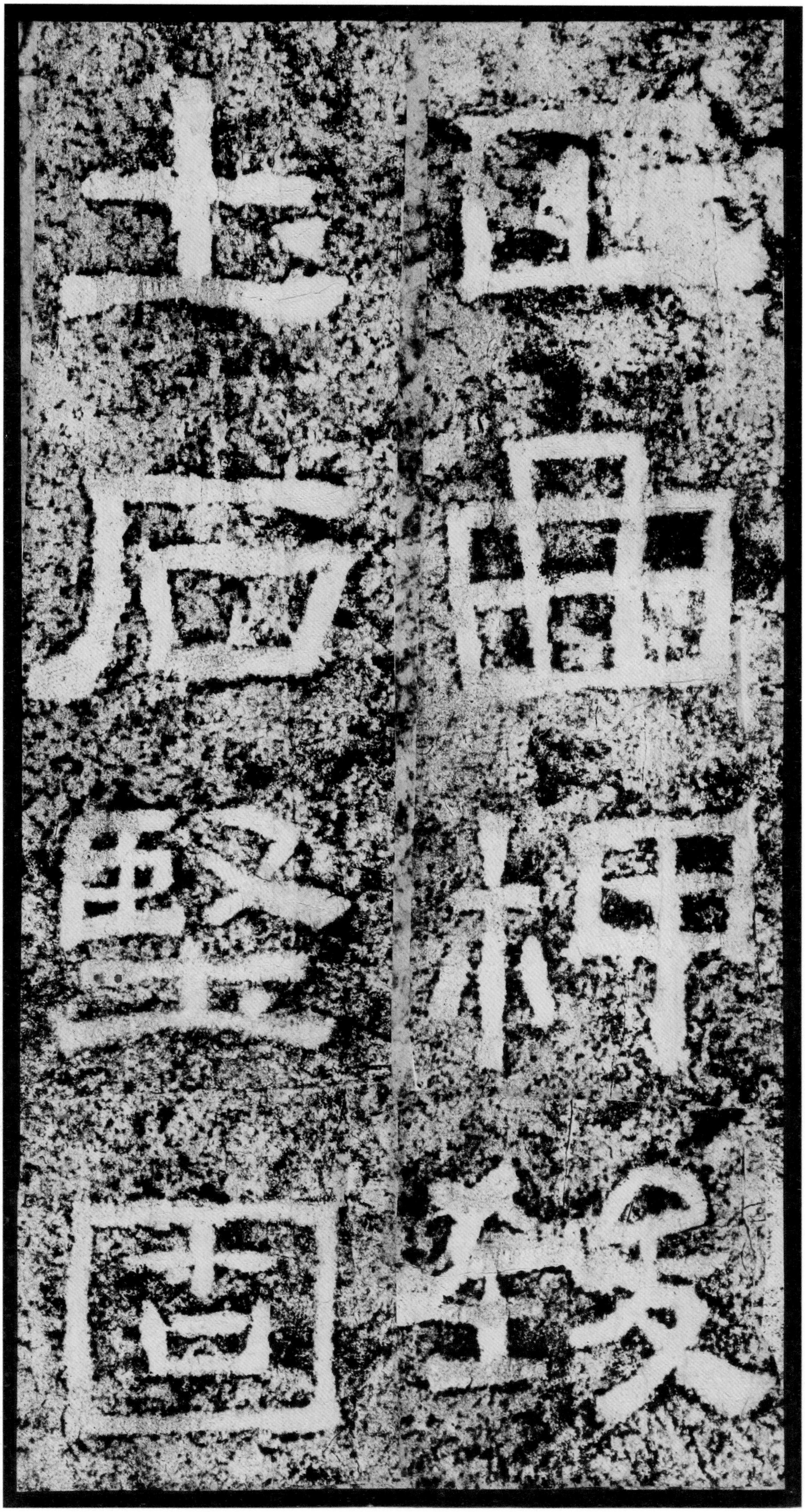
正
曲
柙
致
土
石
堅
固

正曲，柙致／土石，堅固／

柙：通『匣』，柙致土石，用竹籠之類的器具裝土石用以圍壖築基。

廣大，可以／夜涉，四方／

無雍，行人∕歡悀，民歌∕

雍：通『壅』，堵塞。

悀：通『踴』。歡踴，歡喜踴躍。

德惠穆如
清風乃刊

德惠，穆如／清風，乃刊／

穆如清風：和美如清風化養萬物。語出《詩經·大雅·烝民》：『吉甫作誦，穆如清風。』鄭玄箋：『穆，和也。吉甫作此工歌之誦，其調和人之性如清風之養萬物然。』

斯石曰：／赫赫明后，／

赫赫：盛美貌。

后：君。此處是百姓對太守李翕的尊稱。

柔嘉惟則
克長克君

柔嘉惟則。∕克長克君，∕

柔嘉惟則：柔和美善，爲人垂範。句出《詩經·大雅·烝民》：『仲山甫之德，柔嘉維則。』

克長克君：爲長者，爲君侯。句出《詩經·大雅·皇矣》：『克明克類，克長克君。』

牧守三國：指三次出任郡守。

牧守三國。／三國清平，／

詠歌懿德。／瑞降豐稔，／

懿德：美德。

稔：莊稼成熟。

民以貨稙
威恩並隆

民以貨稙。／威恩並隆，／

貨稙：通作『貨殖』，經商營利。

鑿山浚瀆：鑿通山路，疏浚水道。

遠人賓
鑿山浚瀆

遠人賓服。〈鑿山浚瀆，〉

路以安直
繼禹之迹

路以安直。繼禹之迹，

繼禹之迹：繼承大禹的功業。相傳大禹治理黃河，曾開鑿龍門。

亦世賴福。／建寧四年／

亦：通『奕』。奕世，後世，世世。

建寧四年：爲一七一年。

六月十三
日壬寅造

六月十三／日壬寅造。／

時府。／

時府：時任官府，表示此刻石由時任官府興造。

丞右扶風陳倉
呂國字文寶
門下掾下辨李

丞右扶風陳倉／呂國字文寶。／門下掾下辨李／

丞：此處是武都郡丞。郡丞是郡守的屬官，統領各職。

右扶風：與京兆尹、左馮翊合稱三輔，左馮翊與右扶風既爲官名，又係政區名。

陳倉：縣名。屬右扶風，在今陝西寶鷄市東。

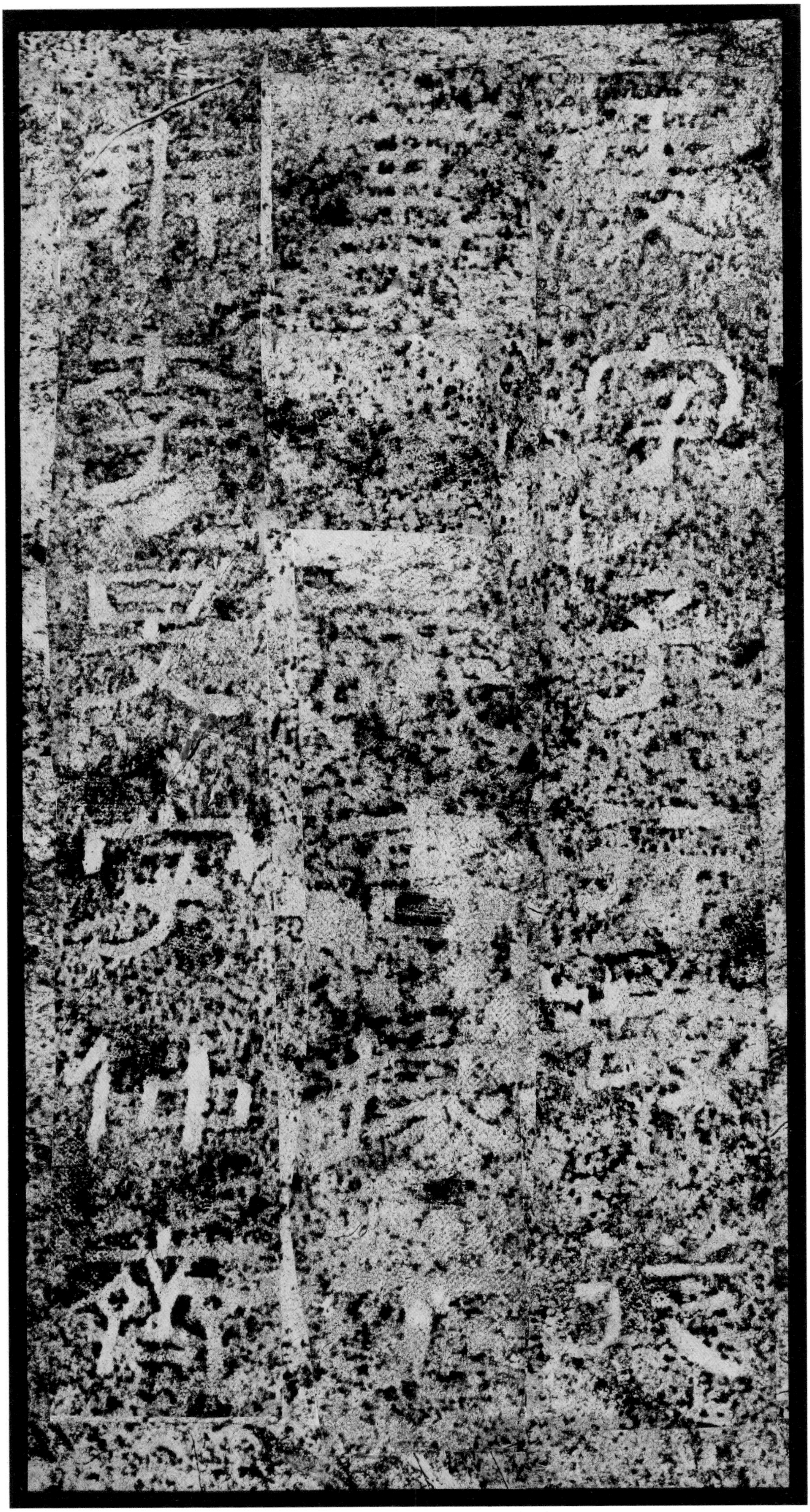

虔字子行。故從／事議曹掾下／辨李旻字仲齊。／

下辨：秦置縣，西漢改置下辨道，《後漢書·郡國志》『武都郡』下有『下辨』，據此，則東漢已復爲縣。但本碑下文題名中有『下辨道長』，則知仍爲『下辨道』未改。治所在今甘肅成縣西北三十里。

故從事主簿／下辨李遂字子／華。故從事主／

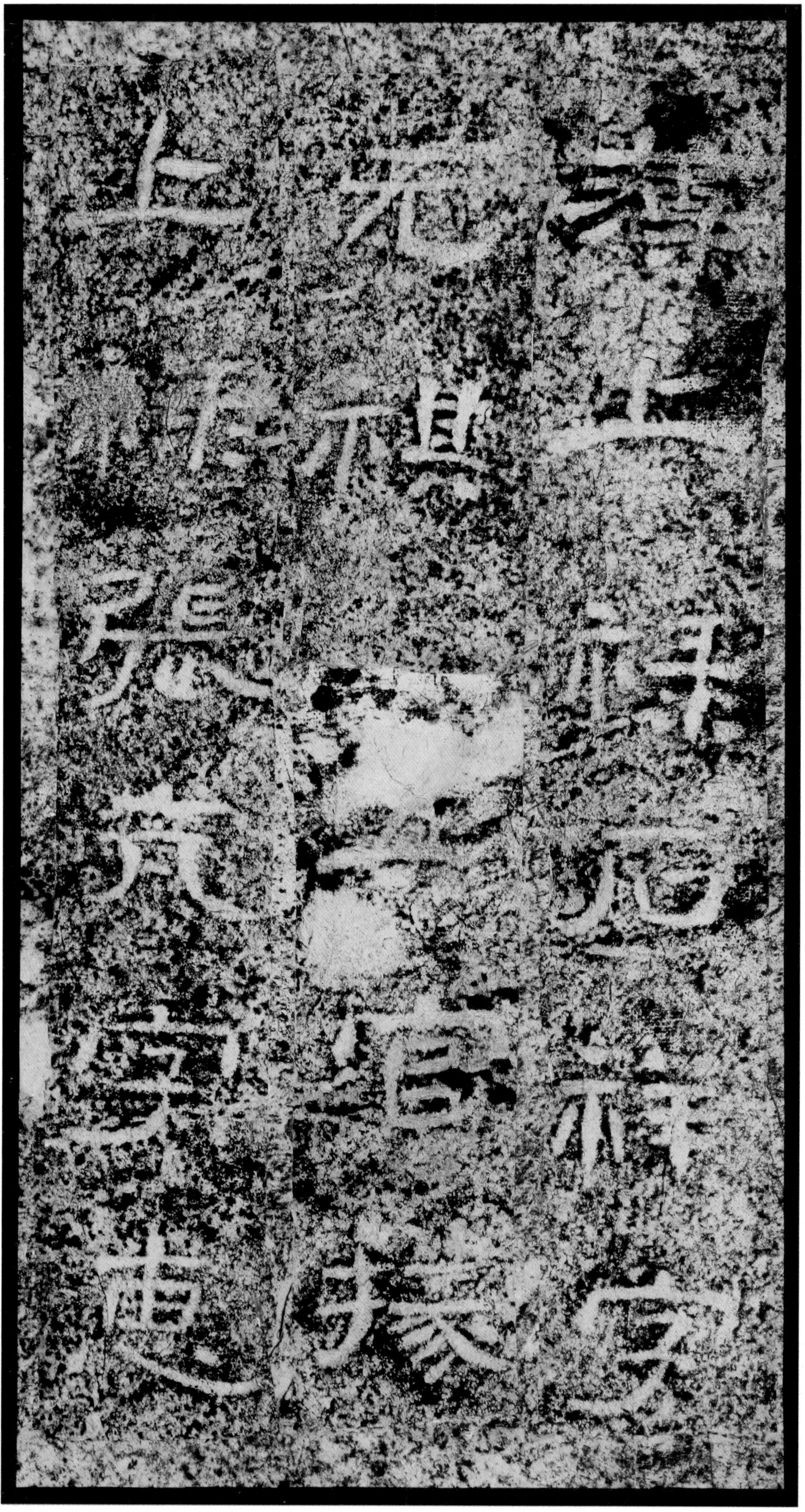

簿上禄石祥字／元祺。五官掾／上禄張亢字惠／

五官掾：郡太守屬吏，無固定職務。《後漢書·百官志》：『署功曹及諸曹事。』上禄縣，西漢置，治所在今甘肅成縣西南。

叔故從事功
曹下辨姜納字
元嗣故從事

叔。故從事功／曹下辨姜納字／元嗣。故從事／

尉曹史武都王／尼字孔光。衡／官有秩下辨李／

瑾字瑋甫。從／史位下辨仇靖／字漢德書文。／

從史：是漢朝郡縣不列入諸曹的散吏。《漢書》卷五八《兒寬傳》：『而寬以儒生在其間，見謂不習事，不署曹，除爲從史。』

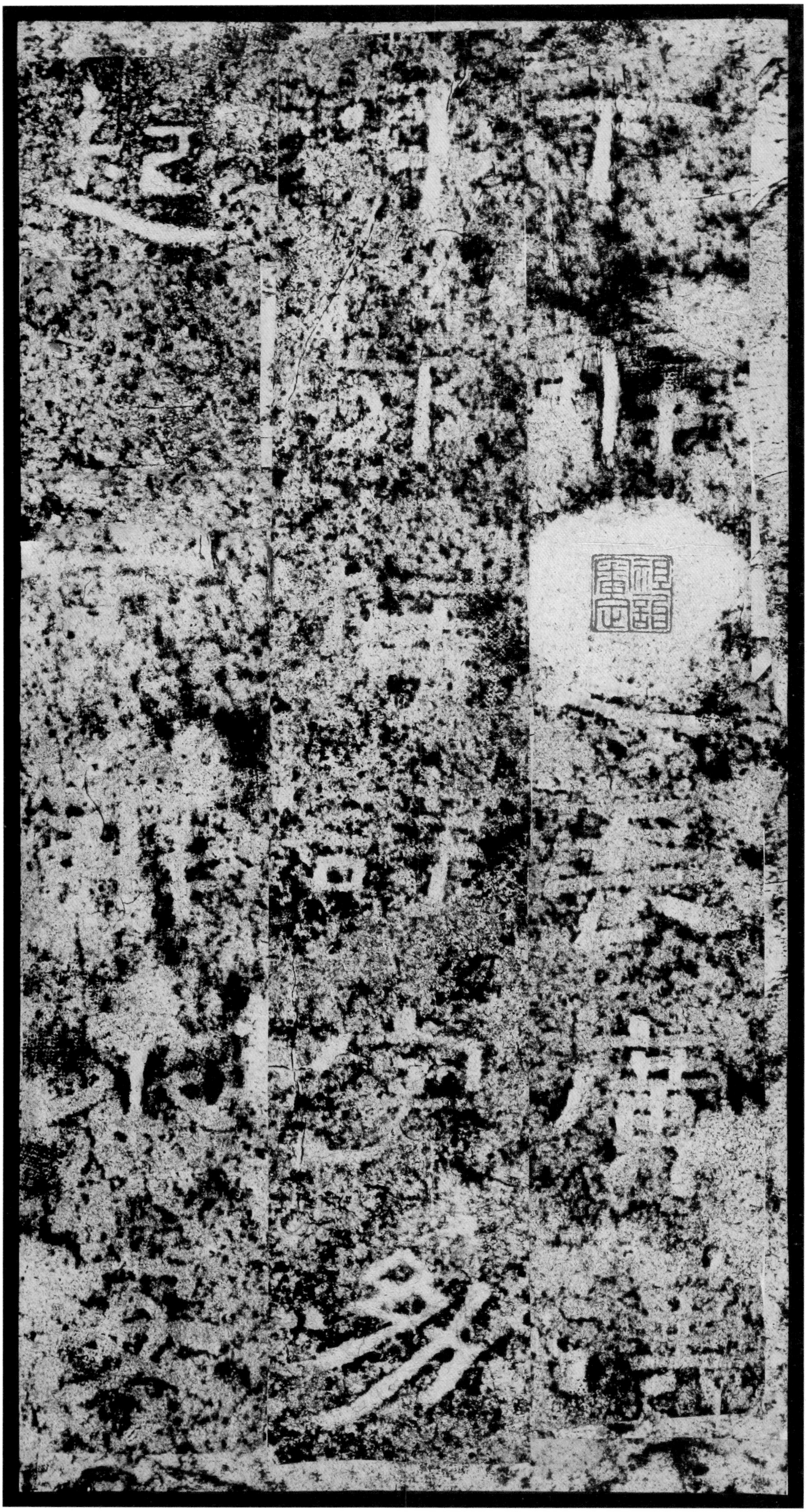

下辨道長廣漢／汁邡任詩字幼／起。下辨丞安／

廣漢汁邡：廣漢郡汁邡縣。汁邡，《後漢書·郡國志》作『什邡』。

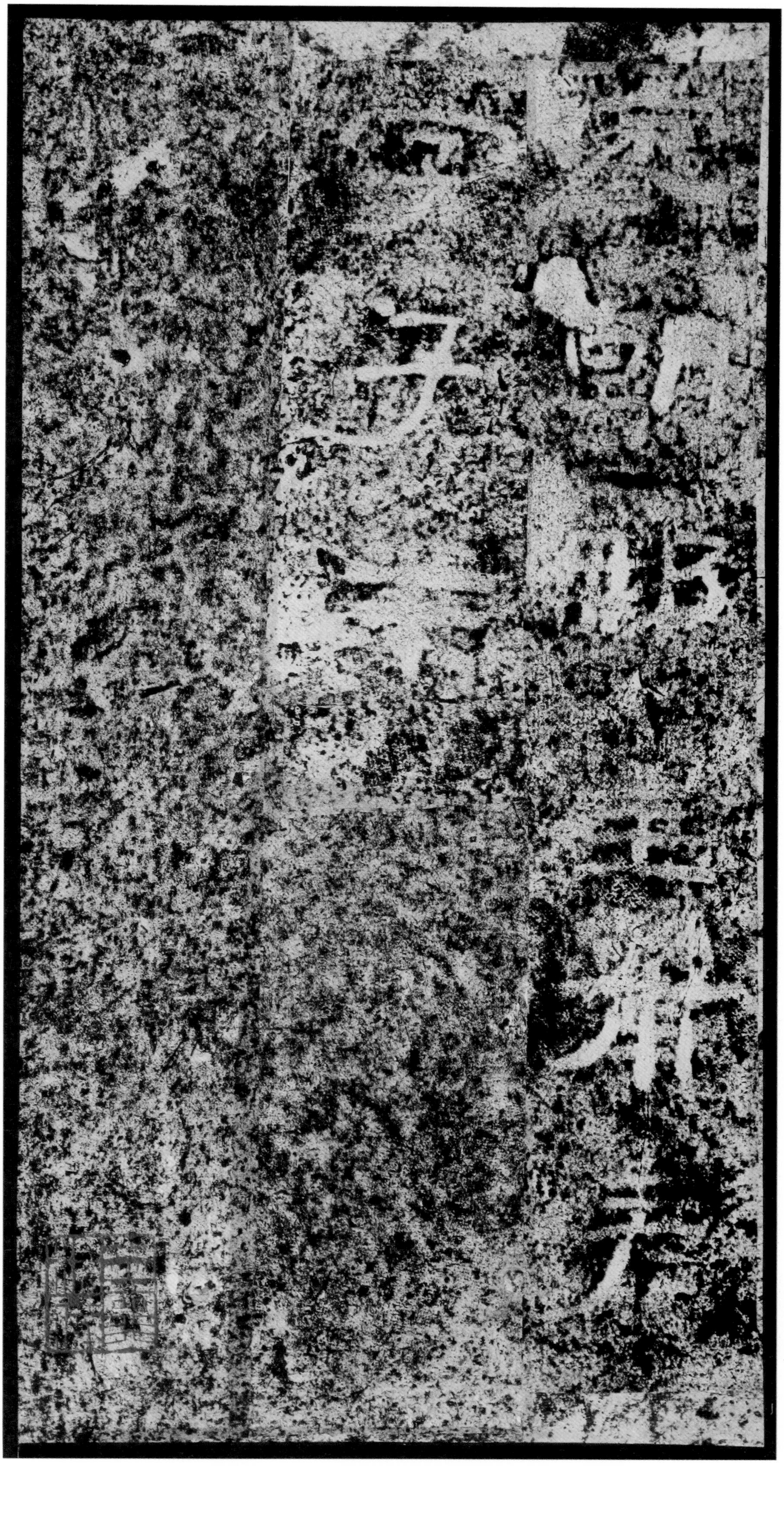

定朝那皇甫彥／字子才。／

安定朝那：安定郡朝那縣，東漢屬涼州刺史部。

黃龍
白鹿

黃龍。／白鹿。／

黃龍：傳說中的祥瑞動物。《孝經援神契》：『德至水泉，則黃龍見者，君之象也。』按，此五瑞圖的分布也是有講究的，黃龍是古代祥瑞中『五靈』之一，唯有君王及至德者方可應此瑞，故此圖中將黃龍畫於頂端。

白鹿：祥瑞動物。《宋書·符瑞志中》：『白鹿，王者明惠及下則至。』按，白鹿在祥瑞中屬上瑞，故畫於右上側。

嘉禾
木連理

嘉禾。／木連理。／

嘉禾：傳說中生長奇異的禾，古人以之爲吉祥的徵兆。

木連理：不同根的樹，其上部枝幹連生爲一體，舊時視爲祥瑞。

甘露降。／承露人。／

甘露降：甘美的露水下降，古人以此爲太平的瑞徵。《老子》三十二章：『天地相合，以降甘露。』

承露人：承接甘露之人。

崤嶔：即崤山。崤山又名嶔崟山，故稱崤嶔。

黽池：亦作『澠池』，故址在今河南省澠池縣西。戰國時爲澠池邑，漢置澠池縣。

君昔在黽池脩
崤嶔之道德

君昔在黽池，脩／崤嶔之道，德／

治精通致黃
龍白鹿之瑞

治精通，致黃/龍、白鹿之瑞，/

故圖畫其像

故圖畫其像。

漢武都太守漢陽阿陽李君諱翕字伯都天姿明
敏敦詩悅禮膺祿美厚繼世郎吏幼而宿衛弱冠典
城有阿鄭之化是以三剖符守致黃龍嘉禾木連甘
露之瑞動順經古先之以博愛陳之以德義示之以好惡
不肅而成不嚴而治朝中惟靜威儀抑抑督郵部職
不出府門政約令行強不暴寡知不詐愚屬縣趨教無
對會之事徼外來庭面縛二千餘人年穀屢登倉庾惟

億百姓有蓄粟麥五錢即西狹中道危難阻峻緣崖
俾閣兩山壁立隆崇造雲下有不測之谿阨芒促迫財容車
騎進不能濟息不得駐數有顛覆霣隧之害過者創楚惴惴
其慄君踐其險若涉淵冰嘆曰詩所謂如集于木如臨于
谷斯其殆哉困其事則為設備今不圖之為患無已敕衡
官有秩李瑾掾仇審因常繇道徒鐉燒破析刻臽確嵬
減高就埤平夷正曲柙致土石堅固廣大可以夜涉

四方无雍行人懽悀民歌德惠穆如清風乃刊斯

石曰赫〻明后柔嘉惟則克長克君牧守三〻國〻清平

詠歌懿德瑞降豐稔民以貨稙威恩並隆遠人賓服

鐉山浚瀆路以安直繼禹之迹亦世賴福

建寧四年六月十三日壬寅造時府

歷代集評

字大縱橫不下三寸，寬博遒古。

——清 方朔《枕經堂金石書畫題跋》

細玩結體，在篆隸之間。學者當學其古而肆，虛而和。

——清 楊峴《西狹頌跋》

方整雄偉，首尾無一缺失，猶可寶重。

——清 楊守敬《平碑記》

疏散俊逸，如風吹仙袂，飄飄雲中，非復可以尋常蹊徑探者，在漢隸中別饒意趣。

——清 徐樹鈞《寶鴨齋題跋》

雄邁而靜穆，漢隸正則也。

——梁啓超《碑帖跋》

圖書在版編目（CIP）數據

西狹頌/上海書畫出版社編.—上海：上海書畫出版社，2011.8

（中國碑帖名品）

ISBN 978-7-5479-0258-5

Ⅰ.①西… Ⅱ.①上… Ⅲ.①隸書—碑帖—中國—東漢時代 Ⅳ.①J292.22

中國版本圖書館CIP數據核字（2011）第148471號

中國碑帖名品［十五］

西狹頌

本社 編

責任編輯 馮 磊
釋文注釋 俞 豐
審　　定 沈培方
責任校對 郭曉霞
封面設計 王 峥
整體設計 馮 磊
技術編輯 錢勤毅

出版發行 上海書畫出版社
地址 上海市延安西路593號 200050
網址 www.shshuhua.com
E-mail shcpph@online.sh.cn
印刷 上海界龍藝術印刷有限公司
經銷 各地新華書店
開本 889×1194mm 1/12
印張 6 2/3
版次 2011年8月第1版
2019年1月第6次印刷

書號 ISBN 978-7-5479-0258-5
定價 45.00元